大湯邦代歌集

櫻さくらサクラ

鬱蒼と森生す樹樹の齢など万の葉に射すあしたの光り

歌集

櫻さくらサクラ

目次

Ⅰ　櫻さくらサクラ

Ⅱ　星を数えむ

扉絵「あしたの光り」・カバー袖絵「さくら」　大湯翔平

歌集

櫻さくらサクラ

大湯邦代

Ⅰ　櫻さくらサクラ

櫻未だ

元旦の露台に夜の衣のみ冷気寒気はみじんもなくて

万媚《まんび》にて終わりたかりきは夢の夢みどり濃きまま広葉樹　冬

不意打ちのごとき一陣緑燃ゆる樹林をよぎり何処へいたる

ゆく水の清らかなるに歩を合わす魚や数多の樹の葉とともに

蹲踞《つくばい》の氷や路地の霜柱見ずして久し　あら草を引く

気はやるも身は動かざる梅の紅褪せてほろほろちぢれてほろろ

きさらぎの穹薄縹《はなだ》その下に無残をさらす紅梅の花

白木蓮日ごと夜毎にふくらみて蕾はなべて北空を対《む》く

野茨の熟れ実啄む鳥のむれ年功序列あるやなきや

如月のあしたの風の冷たくも椎の葉叢に呼び交わす鳥

紅梅の真っ盛りなる庭に立つこれより幾度会いあるやなし

白木蓮年年開花早くなる庭に霜見ず氷を見ざる

櫻未だ　咲けば散るちる未来散る散華散華懺悔は未だ

三月の空を映せる蹲踞《つくばい》の面《おも》をヒヨドリ交互に乱す

明けやらぬ椎の葉叢は微動だに時おり鳥のくしゃみか咳が

櫻さくらサクラ

睦月尽河津櫻が咲きました大島《おおしま》櫻寒緋《かんひ》櫻ハーフのさくら

ニュートラル優柔不断ととられるも櫻さくまでギア現状に

花に酔い人に酔いしや千金の刻を畳に打ち臥せており

墨堤の櫻脳裏に花筏追いつつ目黒新橋わたる

満開の櫻さくらが川覆い逢魔が時を人ひとヒトが

目黒川櫻さくらサクラに誘わる駅前通り華やぎ通り

夜櫻を望むも人に押し押され弾き出されき　われ山姥か

旧交を温めむとのメール入る　墨田川《すみだ》の櫻　花火怒濤と

苔生いて櫻大樹は芽吹くなく夕くれないを総身にまとう

芽吹くなき櫻大樹の生き死には逢魔が時は人恋うるとう

咲き満つる櫻樹下にやすやすと聖地侵せる輩のわたし

櫻咲くさくらくらくらは目くらまし眼くらめば残四感を

報道の一のさくらは目黒川のぼりくだりの舟に乗れずも

散り積もる櫻蹴りつつ歌いつつあの子幾重の雲超えゆくか

花見とていづこの花か鍵穴が音なく動く睡ったふりを

一献を重ねかさねるへべれけにさくら散らしの風吹きつける

残夢のさくら

夢だにも櫻呼びおり墨田岐阜高遠吉野保津川くだり

寄らば斬るならば斬られむ舞い舞いつ櫻渦中に融けゆくまでよ

大阪は水の都ぞさくら観にホテル前なる大川端へ

おお櫻さくら見よとて来てみれば鬼も仏もほろほろ酔うて

九重の櫻解放されるとう怠惰なるかも列するを得ず

七重八重花の便りに浮き浮かれ造幣局の花通り抜く

歌生さぬ書き捨て紙の花ふぶき吹雪く合間に舞台がかわる

櫻花会い重ねるも華やぎについていけない花一文目

咲きたくも咲けぬ櫻の数数も鮮らけしかな八重咲きさくら

時逝くも雲居の雁と隔たるも胸水あつし残夢のさくら

犬櫻犬侍に犬山椒わたくしもしや犬人間か

さやさやと真葛原に一服のみどりを包む碗櫻川

初花の茶入れに勝る「遅櫻」「面影」うやむや白み初めたる

粗草の花

八手あるいは天狗の団扇とも円錐花序に白花盛り

黒百合は恋の花とう植えしより東京嫌いか今年は影も

朝かぜが頬を撫でゆく百・千の満天星《どうだんつつじ》の鐘鳴らしゆく

一房に純白薄紅濃き紅《くれない》箱根空木は移ろいの花

君子蘭の房実の紅さ鮮やかさ余所にまるごと燃えたつ緑

君子蘭地植えにせしも越冬し朱際やかに花掲げ咲く

椎の秀《ほ》に誰を呼べるかデデッポポデデッポデデッポ未だ仄暗し

庭の手入届かざることこれも良き樹間に咲ける粗草の花

殖えに殖えし紫蘭鈴蘭株分けす我《わ》は紙魚雀斑を増殖させつ

植えしより二昔経し鉄砲百合湧き出でしごと庭占め生うる

鉄砲百合見逃しそうな青き葉を掲げ並べる　未だ冷風

鉄砲百合むこう三軒さらにむこう飛び火をしたり塀の隙にも

紅《くれない》の懸崖と咲く松葉菊歩みとどめて心へ映す

松葉菊一族絶えし隣接の空き地に紅きエリアを広ぐ

日盛りを溢れ咲き在る松葉菊歩を止め見入る三人五人……

無造作に挿し芽するとも枯れもせず根付き花咲く松葉菊「紅」

花ことば怠惰・勲功ｅｔｃ怠惰なるとは　わたくしの花

風香りたつ

野苺を摘まむ川土手あら草の最中に標しくちなわ苺

ラベンダーの青紫の穂が並ぶ並んだならんだ風香りたつ

水無月のひかり燦燦陽光に項垂《うなだ》れゆける紫陽花の青

梅雨晴間終わり勝ち目のあるやなし雑草《あらくさ》たちと終なき戦

カタバミにドクダミ・ハコベラ花壇占め騒乱争乱ああソーラン

夏毛なるも艶めく立派な毛皮にて縁に陽を浴び猫眠りこく

逃げ水をひた追いゆくかジェット機が蒼穹二分に過りゆきたり

消《け》残れる茜の淡さ空と海《み》の境おぼろに浜木綿匂う

嵐勘も嵐も名のみの生き来しに台風ジェーン刻印されき

オーイ雲よ風よ飛行機よわたしに夢のひとひらなりと

種にても球根にても繁茂する酢漿草《かたばみ》朝なさ直引き抜くも

大雨ののちのあしたの空浅葱埋めむばかりの真白き羊

羊雲占めたる空よ心あらば水溢れ満つ地をしかと見よ

色は青地球をつつむ空の色日本列島みめぐりの色

遅れとる一羽の鳥の満腹度思い逃しぬシャッターチャンス

草草が萎え枯れゆくも咲き継げるカタバミ属の紅・白・黄色

増えに増え鉢にあふれしを地に移すブライダルベールささやかな花

霜月と言うも温かり夕光に灯る山茶花南天の紅

落葉積む苑のベンチにまんまるく毛を膨らませ居り幼き猫が

Ⅱ　星を数えむ

星を数えむ

包丁が弾み遊ぶよトントントントン七草ほのかに香り初む

お雑煮に焼き餅お汁粉　寝静まる夜半こんがりとトーストを

菊花蕪ビーフシチューに刺し身など人気の一はお茶漬でした

寝正月決め込む家族《うから》若水を婆わたくしが　ああ若返る

少年の作りし海苔巻花のごと卓に話の花あふれ満つ

馬鈴薯の芽吹きの数多を抉り取る子の健やかは食にありなむ

歌が先生計《たすき》が先ずかはさて置きて夕餉の支度ハミングしつつ

釣り狂の隣家の長より真鯛二尾刺身天ぷら将兜焼き

わが猫はつぶら瞳の忍び猫気配遮断に鯛掠め去る

鯛の頭《ず》を咥え雌猫がのぼり在る椎の大樹にひかり燦燦

黒黒と帯なし蟻の大群が押し寄せ一途砂糖の壺へ

挽き立のブルーマウンテン香りたつ湯気が談話に弾みをつける

饒舌なガステーブルに冷蔵庫彼らに委ね星を数えむ

語らいのカクテル栗のリキュールをベースに更ければ生のままを

誕生石変えたいなどと妹は　トパーズ色のカクテルを

眠れないああ眠れないカルヴァドススゥイングがグラスに遊ばせいたる

長寿国

中天にこの月の月テーブルに麦熟成酒「千年の眠り」

飲みたくて飲みたくはなし常永久見つめていたいカクテルレインボー

おお気障ワインレッドの恋などと掲げたグラス笑っていてよ

健やかにながく在りたきあなたさまぜひ銘酒シャトリューズを

お進めのお酒すすんでわが脳髄横たわっているボトル色かも

生きいきてゆく手ゆく方何やあるボトルグリーンはあいまい緑

酒がこと知らざることのみ多くして嗜む程度の程度もしかり

酒好きの父が言の葉子守歌は飲んでも決して飲まれてならぬ

父曰く酒百薬の長にして過ぎれば気違い水なりしと

幼日に教わりました御燗番膨張算を口きっかりを

宴会の宴たけなわなるも酔いどれの一人だに無き　夏逝きたりき

思い出す疎開時代をまざまざと百足浸かれる焼酎壜を

ささやかな祝事《ほぎごと》あらぬか到来の越乃寒梅鮮度が一に

通販の酒名「百年の孤独」「千年の眠り」ああ長寿国

二日酔い宿酔《ふつか》いとの違いなど思いあぐねて頭じんじん

夜遊び盛り

明けやらぬ庭の囀り目白かも傍えの猫の耳ピッと立つ

粗樫の悲鳴聞きたり仄明けに饂飩粉病の葉を剪りはらう

剪定は後日と庭師が　大椎の高みの洞に鳥卵二つ

粗草との鼬ごっこを終にして図鑑を引こう名前を知ろう

疲労度を極限にして葉月尽斜光深まり畳に及ぶ

氷柱に籠められいたる花花を脳裏にしばし　汗噴きあがる

冷房に浸りきりなる生身一つ外気に触れて汗・あせ・アセ

散水栓全開にして水を撒く庭芝草花己が総身に

散水の最中幾度くぐりゆく幼三人わが家の雌猫

破《や》れ障子張るもたちまち破る猫継ぎ接ぎつぎはぎツギハギ　次

総身をぶつけわが部屋ノックする雌猫ただいま夜遊び盛り

隣家の当主急逝三世代住まいし家の解体されき

地下二層地上三層深深と掘り起こされて水湛えおり

何処よりか土運ばれ来その上の「売地」の札に雀が群れる

キッチンの東は更地射し初める光りに採りたて胡瓜を刻む

相続に兄弟離散したりしとセ氏35寒寒と居り

檜無垢なる長テーブルにベンチ椅子幾たり座せしや半世紀　風

母がため息

結城紬抱きしめれば亡母《はは》の匂い日向の匂い春未だ浅き

三代を引き継ぎ纏うもはんなりと総身包める和の織物は

思い出の多なる箪笥の品品を季節問わずに虫干ししたり

普段着は久留米絣の長着に羽織埃よけなる道中着など

巫女舞を始めし娘眠りいしわたしの和服に灯をともしたる

母さんって呼ばれたくないあなたにはもうすぐ花が咲きますわ

つぶら瞳は未だ同じに少年は声変わりしてより空と語らう

わが二十歳《はたち》車A級ライセンス直欲しがりて　母がため息

内輪差なんのその加速九十九折れ富士くきやかに映せる湖《うみ》へ

カーラリー将ジムカーナ根っからの夫唱婦随のカーキチなりき

運転免許証《ライセンス》返上しました東京の交通網を先ず網羅せむ

箱根路を乗り継ぎ行かむ気でゆかむ九頭龍神にひた会いたかる

東京《とうきょう》都に山あり愛宕・上野山標高二〇メートル余

上野山「罠にかかった狐」の目にハート抉られ通うも会えず

午前五時だれもだあれも通らない銀座ぎんざよ二人占めして

ガラパゴスわれ

ノミネートされし今年の流行語心に残る言の葉などは

尺貫法使わなくなり一寸の虫は絶滅危惧種にあるか

卯年生まれ「美意識高し揉め事嫌う」例外箇所を読まずに閉じる

平城山の歌詞旋律のうつくしさ哀しさふかくこの身に染むも

日照雨《そばえ》とは死語なるのかも広辞苑・明鏡辞典に載っては在らず

出詠歌生せずうらうら薄霞眼交よぎるを見つめていたり

短歌《うた》がある否短歌のみが支えなる身を吹き抜ける十月の風

優しさは完売しました物言いをせめてしずかに低くソフトに

ガラケーを柄系と思《も》いき恙無く其に足りいたるガラパゴスわれ

むかさくる被災地石巻見学者多きとブログに　我《あ》は祈るのみ

選挙戦引っ張る落とす暴露する国を憂うる幾人ありや

星空を仰いでばかり総理さま台座しっかりしていましょうか

夜を昼《ひ》にテレビ漬けなり錦織さんわたしの頭上へさあスマッシュを

立ち姿打つ捕る走るイチローさん一挙一動華ある御人

Ⅲ　秋天瑠璃

百草芽吹く

病み篤ききみがかたえに呆然と己が無力を晒すのみなる

歩くこともはや叶わぬきみが夢息急き春の野を駆けたると

ともに食みし友は既にし　フィヨルドの氷の一塊胸処に熱し

雨よ降れ風よ荒べよしなやかに撓いしないて天つ国まで

矢継ぎばや親族《うから》族《やから》欠けて歳晩《くれ》さらばさらばよ寝台特急

飲みません悲しい酒はひた黙しひたすらあなたの盃を空かさじ

擦り合わせ繰り返すとも逃げばかりのらりくらりのあなたの何処が

差配などもう荷をおろしこれからは従いましょうよ子ども等に

「菩提寺は谷中浅草近いわね」来世もふたりで天翔けようと

おしゃべりの最中も友のかぎ針は七色八色のモチーフ生みき

きさらぎの穹の真青も凍てつかむ友の形見のロングベストを

生き生きておもうは逝きし人ばかり思いの外に百草芽吹く

臥す夫の楽しみなるか子や妻のてんてこ舞いがきりきり舞いが

思おうも歌うかびこぬ空っぽの私がわたしに題を課さむ

澪木のさくら

歌のこと絵のこと語らい尽きぬまま　来世の邂逅叶うや否や

杉林一瞬の風吹き抜けき　相会うことのふたたびはなし

弥生尽咲き初めました遠世なるあなたに近づく澪木のさくら

会いたきの多くは天に二〇一六《にせんじゅうろく》年葉月の太陽心《しん》まで焼きぬ

過ぎよ夏思う連日わたくしの残り時間が削られいるも

生きる其は活きることなれ日輪が焼くも焦がすも身を晒しゆく

泣きたくはないのに涙・涕・泪樹間を透るひかり千条

青雲の志如何や病床に甘味ひたすら求《と》むのみのきみ

ジェット機が縹澄む空切りゆける追従の影ひとつだになし

哀悼の言葉とてなし　うすら陽に咲く秋冥菊の白花手折る

義弟《おとうと》よ口惜しからん頑健なる現し身突如奪われたるは

若年の訃報あい次ぐ冥界の関門序列は如何にあらん

天の意図と思《も》えども次次迫りくる胸を塞げる悲の塊が

ああ皐月清《さや》かな風よ心あらばきみ在《ま》す穹《そら》へわれを翔《た》たせよ

遙かなるあの日あの時ほとばしる水に二重の淡き虹立つ

シャルウイダンス

「心配ない気管支炎さ大勢の同期に会えて病気も良いね」

いくたりを送りいつかは送られむ葉月のひかりただに燦燦

けむりの樹ぼうっと立ち在り紅《くれない》はこの世あの世の境の淡さ

コロプチカ　オクラホマミキサ校庭に幾度交わせし会い別れ

一人の永訣《わか》れに相寄る顔・顔・顔深川二中っ子下町育ち

円なれば縁《えにし》深くばいつの日か来世に邂逅　シャルウイダンス

花愛できさきみが初七日ベランダに白ホトトギス咲き初めました

会いたきは遠世に多し「もういいかい」「もういいかいったらもういいかい」

癌病むを知らざるきみと病窓に墨絵ぼかしのレインボーブリッジ

深川の生まれ育ちは粋が生き末期の会いさえソフトな笑顔

朝な朝なに粗草引き抜く媼われ日焼けの重度　鏡は見まい

野紺菊の薄紫が競い咲くズームアップと囁くは誰

薔薇を求《と》め薔薇とらえ来し汝がカメラ来世も薔薇を求《と》めゆきたるか

秋天瑠璃

行き行けど灯り見えざる漆黒に赤き紐をば結び直さむ

「ゐ」と「い」の異思いあぐねて待ち待ちしこの月の月沈むも知らず

雨水が道路を川と暗渠まで闇の深処をしばし思いぬ

ラベンダーの効能などは空っぽでこのむらさきに浸りていたい

陽光も灯火もいらぬ水の色見えざるとても湖《うみ》はうみなる

八月の浜辺の恋の亡きがらを受け入れきれず空号泣す

絶えがたき気怠さ盛夏の証とて修験行者の思《も》いに今夏も

母さんを独り占めしたっけ深川伊勢屋氷いちごに唇染めて

名もしらぬ青き花もてハンカチを染めしは疎開地　水音今も

母が夢きっとはんなりふうわりが　鬼子わたくし今悔いており

見えるもの見えざるものも手をくぼめ直受け止めむ夏容れ難くとも

心底の泉涸れ涸れ引き絞り己が奥処へ火矢放たねば

巨椎の齢は知らず露帯びし万の葉に射すあしたの光り

まあまあの出来と許せるわたくしを更新しよう秋天瑠璃

輪になって踊りましょうよ網笠を被れば誰にも見つからない

高窓が開くや素早く屋根へ飛ぶ猫とこの身を取り替え見んか

凄さまじき雄叫び真夜《まよ》の月光が総毛立たせし猫らを映す

浅春の冷気ガラスに密着す全霊総身禊を今し

わが歌神さま

サッカーの靴並み乾さる中天にロングシュートを決めた球

昼顔がひゅるるひょろひょろ草を這い薄きくれないおちこち咲かす

時は時ジョセフケッセル今在らば即刻筆を折っていたかも

散り残る芙蓉真白し若人よ剣・舌・さらにペンを怖れよ

海を喰らい山平らげる人属のわれもその一悲しからずや

寄せ来る蟻大群に熱湯を浴びせる形相見られたくない

十薬のにおい染みいし手を洗う祓《はら》いのごとく諸手を洗う

あわあわと神の領域侵しつつ時を費やすわれは何者

雨水のゆくえゆく方　わたくしの優しさとうに売り切れました

堆黒《ついこく》の棗の抹茶「天王山」われわがために静かに点てむ

夢座とう短歌グループ狸穴に憑かれ虜の幾星霜を

言の葉の幾万ありしも駆使できぬ己が悲しき瞼を閉ざす

ロミオ様おおわたくしのロミオさまお屠蘇に些か酔いました

空見《くう》つめ身じろぎ為さず小半時わが歌神さま力を給え

解説

「花狂い人」の深層と日常
大湯邦代第六歌集『櫻さくらサクラ』に寄せて

鈴木　比佐雄

1

大湯邦代さんの短歌では、瑞々しいイメージと、透明感のある調べに惹き込まれ、いつの間にか私たちの深層の狂おしい恋情とか真実を発見する想いが掻き立てられ、予定調和を潔しとしない新しい挑戦を目撃することになる。それは短歌であるが現代詩の新しいイメージとリズムを自らに課していることと類似しているし、短歌の伝統を背負いながらも根源的な意味での詩として考えておられるのかも知れない。今年二〇一七年になって、絶版となっていた一九九七年に刊行した第二歌集『玻璃の伽藍』の全ての短歌を再録し、新たに依田仁美氏の解説を収録して新装し復刊した。その歌集を拝読していると、大湯さんという歌人が様々な可能性を五句三十一文字に込めていることが理解できる。なぜ短歌という言語表現が古代から中世の西行を経て、現代まで連綿として日本の詩歌の根底に存在し続けているか、その存在意義を大湯さんの短歌から強く感じさせられた。

そんな大湯さんの第六歌集『櫻さくらサクラ』が刊行された。そのテーマである「櫻」やその他の花々について『玻璃の伽藍』でも、かなりの花の短歌が詠われていたので少し触れてみたい。「玻璃の伽藍」十六首の中でも、「逆縁の柩を送る夏冱《さむ》し遂げざる戀に咲けるカンナよ」と「南国の葩匂いたつ玻璃の伽藍方位喪う人戀ごころ」は、特に愛する者の死や別れによって心が悲しみの最中にある時に、心が鎮まるように花が無くてはならない存在として語られている。「逆縁」の短歌は大湯さんが「逆縁の柩」と拮抗するように「カンナ」の花を対比させて、自らの狂おしい恋情を想起させる事物として、それらの映像を「遂げざる戀」で結び付けていく。「逆縁の柩」を「カンナ」の花言葉である情熱や永遠で掬い取ろうとしているのかも知れない。また「南国」の短歌は、「南国の葩《はな》匂いたつ」場所である温室の植物園に入ると、親しい人と訪れた瞬間にタイムスリップして、方向感覚がなくなり、その時の「戀ごころ」が甦ってくる。つまり「玻璃の伽藍」とはタイムスリップして生きる力をもう一度掻き立てるための世界観や宇宙観なのかも知れない。なぜ大湯さんが五冊の既刊歌集から『玻璃の伽藍』をもう一度世に問いたいと願ったのかは、そのような自らの感受性の原点を再確認するための深い想いがあったのだろう。私は「玻璃の伽藍」とは温室の植物園でありながら、大気に覆われた環境世界に生かされている多くの生き物たちの暮らす地球そのものの姿のように思えてきた。

その「玻璃の伽藍」十六首の前に「花狂い」十七首がある。その中の「お姉様わたしは独りになりました。彼の世おぼろに櫻花《はな》はふぶけり」、「篝火の熾《し》れどおよばぬ幽《くら》がりに櫻さくらよさくらのうねり」、「歌枕　手枕　旅のうたた寝ぞ煎じつめれば花狂い人」などを読むと、大湯さんは満開の群れ咲く櫻木たちの場所が、此の世の世界でなく「彼の世」の彼岸であり、「幽がり」に咲く櫻花のうねりであり、古来の歌人たちは「花狂い人」であり、煎じつめれば、自分もそのような存在だと語っている。新歌集のタイトルの『櫻さくらサクラ』のように大湯さんは初期の頃から「花狂い人」であったのだ。

2

新歌集は二五〇首余りが収められていて、「Ⅰ　櫻さくらサクラ、Ⅱ　星を数えむ、Ⅲ　秋天瑠璃」の三章に分かれている。「Ⅰ　櫻さくらサクラ」では「櫻未だ、櫻さくらサクラ、残夢のさくら、粗草の花、風香りたつ」の小タイトルが付されている。「櫻未だ」十五首は、暖冬の元旦から始まり、櫻を詠わずに白木蓮や白梅や紅梅を詠っていても、どこか櫻の開花を待ち望んでいるかのように感じられてくる。その短歌の中で「櫻未だ　咲けば散るちる未来散る散華散華懺悔は未だ」は、櫻の開花を望むと同時に櫻の散華の虚しさを「未来散る」とも言い、櫻から想起されてくる懺悔の思いもまた未だ訪れないことを言っている。「懺悔は未だ」とは、「散華《さんげ》」からの言葉の響きの類似に触発されて、ユーモアを込めて懺悔《ざんげ》をするよりももっと積極的に未来を生きるべきだと啖呵を切っているようだ。「櫻未だ」はどこかで咲くだろう、まだ見ぬ「櫻」への憧れや、「戀ごころ」を抱いて日々を粋に生きることへの美意識を伝えている。

「櫻さくらサクラ」十六首の冒頭にある「睦月尽河津櫻が咲きました大島《おおしま》櫻寒緋《かんひ》櫻ハーフのさくら」は、二月上旬に咲く河津櫻が、櫻餅の葉になる大島櫻と沖縄で一月から二月にかけて咲く寒緋櫻を交配して生まれたことを伝えて、大湯さんにとって河津櫻への想いが深いことを語っている。櫻は交配に富んでいて江戸時代の三百種類から今では六百種類もあると言われている。花見は寒緋櫻から多様な原種である山櫻まで長期にわたる花々の開花を楽しむことだった。大島櫻と江戸彼岸の交配から生まれた染井吉野を基準とした櫻開花宣言は一つの目安に過ぎない。私は筑波山に時々登るが、十二月頃には冬櫻が咲いていて、それを毎年楽しみにしている。そのように大湯さんも今回の歌集で「八重櫻」など多くの場所で出逢った櫻たちの佇まいを記している。「咲き満つる櫻樹下にやすやすと聖地侵せる輩のわたし」では、「聖地侵せる輩のわたし」という、櫻花に寄せる聖なる想いこそが、多くの櫻を愛する「花狂い人」の深層であることを告げている。その他に櫻以外の花々や野草への短歌も櫻に負けずに、その存在感が描かれている。また「Ⅱ　星を数えむ」での大湯さんの暮らしぶりで食へのこだわりや母への感謝の想い、「Ⅲ　秋天瑠璃」での「臥す夫」との掛け替えのない時間を記すことなど、胸に染み入る短歌が続いていく。そんな温かな水が巡り、至る所に多様な櫻花や多くの花々が咲き、生き物たちが呼吸する新歌集『櫻さくらサクラ』の櫻の世界に、櫻を愛する人々が浸って欲しいと願っている。

あとがき

夢座とう短歌グループ狸穴に憑かれ虜の幾星霜を

「生きるに必要不可欠なこと以外のところで真の意味で生きているのよ、その何かを見つけなさい」と成人の日母に言われました。

日舞・茶華道・洋和裁・母の勧める様々に手を染めてきましたが、結婚後最後に出会った短歌が一番心に沿っていたようです。

「歌がある」「歌しかない」の思いで苦しみ楽しみつつ詠む日日、幸せでした。

短歌発表、切磋琢磨の場を与えて下さっている「潮音社」主宰の木村雅子先生および先生皆々様、「舟」の会長依田仁美様、会の皆様に心より御礼申し上げます。

綿密なお心配りをもって編集出版までお運び下さいましたコールサック社の皆様、ありがとうございました。

二〇一七年八月

大湯　邦代

大湯邦代（おおゆ　くによ）

東京神田生まれ。短歌結社「潮音」所属。短歌誌「舟」同人。
歌集に『真紅に尽きず』、『玻璃の伽藍』、『モビールの魚』、『すみれ食む』、『夢中の夢』がある。

石炭袋

大湯邦代 歌集『櫻さくらサクラ』

2017年9月29日初版発行
著　者　大湯邦代
編　集　鈴木比佐雄・座馬寛彦
発行者　鈴木比佐雄
発行所　株式会社 コールサック社
〒173-0004　東京都板橋区板橋 2-63-4-209
電話 03-5944-3258　FAX 03-5944-3238
suzuki@coal-sack.com　http://www.coal-sack.com
郵便振替　00180-4-741802
印刷管理　（株）コールサック社　製作部

＊ 装丁　奥川はるみ

落丁本・乱丁本はお取り替えいたします。
ISBN978-4-86435-310-6　C1092　￥1800E